4-19-94

scott

1115467

El diente suelto de Carlitos

Escrito por Bill Hawley   Ilustrado por William Joyce
Adaptado por Mercedes Quintana Barragán

Goodyear Books

Carlitos tenía un diente suelto.
Se lo empujaba con la lengua.

Se lo movía con el dedo.
Se lo torcía y se lo retorcía
todo el día.

Su mamá le decía:

—No juegues con tu diente, Carlitos.

Su maestra le decía:

—No juegues con tu diente, Carlitos.

Sus amigos le decían:

—No juegues con tu diente, Carlitos.

Pero Carlitos no les prestó atención.
Se lo empujó, se lo movió,
se lo torció, se lo retorció y...

un día se lo tragó.

Sapere Aude

TODD WEHR
MEMORIAL
LIBRARY

Viterbo University
815 South Ninth Street
La Crosse, WI 54601
608-796-3260

DEMCO